Copyright

Quelli dal naso sexy

Simone Gitto

1st Edizione, 2021

Indice

Prefazione

Quelli dal naso sexy ci sono sempre stati e sempre ci saranno: ricordiamolo, la mascherina ha reso solo tutto più evidente! Partendo da coloro che trasgredendo ogni regola e buon senso si aggiravano per i reparti dei centri commerciali con il loro nasone fuori dalla mascherina, faremo un viaggio dentro tutte le ambiguità e le contraddizioni dell'italianità: dal campo delle opinioni ad ogni costo, al furbetto di turno, allo scroccone del vaccino fino al baronato, covo di raccomandazioni e strani giri di potere, che da sempre è presente nel bel paese.
Scopriremo che alcuni hanno il naso ancora più “sexy” degli altri e che moltissimi si chiudono a riccio nella roccaforte dell’opinione.

Perché *“Quelli dal naso sexy”* sono anche coloro che di fronte a fatti oggettivi, verità assolute, dati scientifici o semplici dati di fatto rispondono con il campo delle opinioni.

Ma guardando ancora meglio noteremo come dietro vi sia anche tanta ipocrisia ancorata talvolta ad arcaici pregiudizi. Ed ancora quel sentimento, tipicamente italiano, secondo cui "straniero" è sexy. Sentimento che è possibile riassumere in un'unica parola, ovvero *"esterofilia"*.

E poi non mancheranno le *insignificanti raccomandazioni, i favoritismi privi di logica fino alla più totale assenza di meritocrazia* che diverranno all'occorrenza importanti raccomandazioni, favoritismi ben strutturati fino ad un'assenza di meritocrazia mal celata.

Un viaggio che sarà piacevole attraverso personaggi, storie e vicissitudini del quotidiano e della nostra realtà che ci circonda.
Questo perché *"Quelli dal naso sexy"* sarà un'ulteriore dimostrazione di come la realtà superi di gran lunga la fantasia.
Vizi, difetti e stravaganze tutte italiche che sarà giusto affrontare anche con un pizzico di ironia e serenità.
Racconteremo dunque la realtà ma senza prenderci troppo sul serio e qualche risata dunque non mancherà.

Quelli dal naso sexy

Capitolo 1 – A viso coperto

Dì la verità: se sei qui li hai visti anche tu. Non importa il luogo, il contesto o la situazione: quando li hai incrociati, li hai riconosciuti subito.
L'aspetto curioso ed a tratti sconvolgente è che sembra quasi che di loro non si possa parlare, una sorta di "innominati". Eppure fanno qualsiasi cosa per farsi notare perché loro hanno sempre fatto così, anche prima del covid.
Non credo ci sia bisogno di specificarlo, ma in un tempo in cui tutto è ambiguo ed opinabile, è giusto perlomeno descriverli.
Stiamo parlando di coloro che in questi mesi hai incrociato, la maggior parte delle volte se non sempre, nei centri commerciali.
Nei reparti ti sfilavano accanto con quell'aria fiera di sé, lo sguardo era di quelli che la sanno lunga, di quelli che hanno qualcosa in più.

In altri tempi, potevano essere additati come i "furbetti del cartellino", quelli dalla conoscenza giusta oppure anche come coloro che ti rispondevano che "una scappatoia si trova sempre".

Ma in realtà non è così.
Senza girarci troppo intorno (so benissimo che tu invece hai già capito) stiamo parlando di coloro che sfoderano il loro bel nasone fuori dalla mascherina. Nonostante tutti i divieti, nonostante la scienza e nonostante il buon senso loro l'hanno sempre fatto: dal lockdown di Marzo ed Aprile ma soprattutto nella famosa seconda ondata.
Inutile fargli notare che a quel punto la mascherina non ha alcun senso e che il famoso virus in questione si veicola benissimo (se non addirittura maggiormente) attraverso il naso: le risposte viste personalmente o narrate da altri troveranno ripiego in banali od insensati motivi.
Anche di fronte alla sagace infermiera di paese loro proseguivano imperterriti.

Al richiamo generico l'indifferenza è sempre stata l'unica riposta ma di fronte al caratteristico "teatro" alla Camilleri la reazione è stata ben diversa.
Ed infatti la nostra infermiera, con sano sarcasmo di chi è nel giusto ma non si prende troppo sul serio, additava e richiamava coloro che usavano la mascherina come uno

"scalda collo" esclamando: *"ma lei ha mal di gola?"*
In quel momento coloro che prima abbiamo descritto come sicuri e fieri di sé perdevano momentaneamente la bussola.
Con frasi sconnesse e prive di senso la riacquisivano a suon di *"come si permette"*, *"una cosa del genere non me l'aveva detta mai nessuno"* ed il classico *"non sa chi sono io"*.
Ma l'apice e forse il punto nevralgico di quelli che scagliano il loro nasone fuori dalla mascherina lo troviamo nella becera risposta *"ma io devo respirare"*.
La nostra infermiera di paese faceva incetta di occhiatacce ma in fondo si divertiva e così esclamava a coloro che ricoprivano solo la bocca: *"mi scusi ma lei trattiene la dentiera con la mascherina?"*.
In ogni zona d'Italia questo aspetto curioso possedeva diverse sfaccettature e molteplici caratteristiche. Eppure era sempre accumunato da un punto fondamentale, qualcosa che sicuramente avrai notato anche tu.

Come già accennato qui stiamo parlando di qualcosa che era esistente già prima del covid-19: la mascherina l'ha reso solo evidente.
Forse tu che mi stai leggendo mi hai inteso ma forse tu (l'altro tu) non mi stai capendo molto bene.
Chiariamo bene una cosa: alla fine la mascherina è soltanto qualcosa di passeggero.

Quando la pandemia sarà un ricordo porterà, dentro con sé, anche tutto ciò che l'ha caratterizzata ma soprattutto il simbolo di quest'emergenza: la mascherina.
Se per moltissimi è diventata sinonimo di costrizione, di impedimento od addirittura secondo alcuni di limitazione della libertà degli individui, la mascherina in realtà ci ha reso più "liberi" (sii clemente) di captare con immediato tempismo i protagonisti di questo libro.
Come accennato all'inizio e come sai bene anche tu, sono una sorta di "innominati": perfino i virologi, le nuove star della televisione, li hanno quasi sempre ignorati.
In questi mesi infatti e per tutta la pandemia abbiamo scoperto queste nuove celebrità che hanno letteralmente inondato le nostre vite dal nostro televisore.
Probabilmente loro stessi non potevano neanche immaginare quale enorme visibilità, fama e notorietà li avrebbe travolti.
Per non farci mancare nulla, nel nostro paese (l'Italia artista ma disorganizzata) anche di fronte alla scienza, ci si è divisi in Guelfi e Ghibellini ed il classico tifo da stadio ha travolto il campo dei virologi.

Attenzione però, perché anche loro non sono stati per nulla univoci e ben presto la fama e la notorietà ha preso possesso di molti di loro: si è scaduti infatti nel classico "tirare l'acqua al proprio mulino".
E così, tra un'ospitata ed un'altra, tra un nuovo libro e la

nuova rubrica, abbiamo cominciato a conoscerli, ad amarli, a detestarli ed anche a tifare per loro.
In pieno lockdown dove tutto era fermo e quindi anche tutte le manifestazioni sportive, il classico tifoso medio ha trovato rifugio in queste figure. Non era raro dunque ricevere la telefonata dell'amico, la videochiamata della ragazza od il messaggio del parente, dove ognuno dava il proprio consiglio tifando per l'uno o per l'altro.
Le locuzioni e le frasi erano sempre le stesse: *"io mi fido di X perché lui mi ispira tranquillità"* oppure *"stimo il professor Y perché lui dice le cose come stanno*" ma anche il classico messaggio di avvertimento era sempre presente: *"non lo ascoltare a Z perché lui è un allarmista"*.
Li abbiamo ascoltati ed abbiamo imparato molto ma anche loro non hanno mai realmente nominato i nostri protagonisti.
Questi "innominati" li abbiamo descritti, magari superficialmente, come coloro che ti sfrecciano nel reparto del supermercato, con il loro nasone fuori dalla mascherina.
Se ci pensi bene, loro non hanno mai avuto una categoria: nessuno li ha mai etichettati ma noi siamo qui per questo.
Aiutami se ti va, oppure lasciati guidare o per meglio dire accompagnare, in questo viaggio dove loro saranno solo l'iceberg di ciò che è sempre esistito in Italia e di cosa non ha mai realmente funzionato.

Ricordiamocelo: la mascherina ha reso solo tutto più evidente.
Questo atteggiamento o modo di essere è infatti intrinseco nell'italianità o ancora meglio, se preferite, in una fetta del nostro paese.
Loro ci hanno sempre circondati e la loro presenza non è sicuramente passata inosservata.

Loro sono ***"Quelli dal naso sexy"*** o perlomeno questa è l'impressione che ho avuto appena li ho incrociati nel lockdown a Marzo per la prima volta.
D'altronde quale sarebbe il motivo per mettere in evidenzia quel loro nasone?
L'unica spiegazione che ho trovato è che loro lo trovino davvero sexy.
Molte volte si dice che di primo acchito si percepisce quella che è la vera essenza della persona.
Questa loro mossa, come sai benissimo, non ha alcun senso: è un ibrido tra il voler proteggersi dal virus ma allo stesso tempo rendersi vulnerabili proprio attraverso il naso.

Ma in realtà cela proprio il loro pensiero, il loro modo di agire e relazionarsi con ciò che li circonda.
Attraverso i mass media siamo stati inondati di informazioni riguardati la pandemia: dai tutorial su come lavarsi per bene le manine (e qui mi sono reso conto che la

gente non si lavava le mani) a come evitare assembramenti (parola che prima del 2020 non pronunciava nessuno in Italia) e per finire sull'importanza della mascherina.
In tutto questo turbinio di informazioni, la mascherina è sempre stata legata concettualmente alla bocca.

"Quelli dal naso sexy" invece hanno trovato nel loro modo di agire, non solo una piccola forma di ribellione od anticonformismo ma soprattutto il voler aderire a quel tipico atteggiamento dell'italianità che ben conosciamo.

Alla fine se ci pensiamo bene non è molto diverso dal furbetto del cartellino che va a timbrare in mutande tutti i tesserini dei suoi colleghi assenteisti.
È altresì vero che qui siamo di fronte ad un passaggio successivo, se vogliamo una sorta di evoluzione.
Qui si sfida la scienza, il buonsenso e la salute di noi tutti ma la mascherina paradossalmente lo ha reso esplicito e ben evidente.
"Quelli dal naso sexy" quindi non sono rilegati solamente a ciò che concerne la pandemia ma la nostra società li conosce da moltissimo tempo.
Nei prossimi capitoli scopriremo insieme alcuni degli esempi più emblematici e forse caratteristici di *"Quelli dal naso sexy"*.

Non ci prenderemo troppo sul serio e qualche sana risata non mancherà ma sicuramente diremo la verità e quindi la realtà che ci circonda.

Capitolo 2 – "It's my opinion"

È il gran premio della Motogp di San Marino e della riviera di Rimini e ci ritroviamo quindi nel circuito di Misano. È l'undici Settembre 2016 e dopo un gara spettacolare con l'idolo di casa, Valentino Rossi, sul podio, il pubblico e le tribune gialle sono in gran festa.
Per chi non segue il motomondiale o non si ricorda bene, la gara la vinse lo spagnolo Dani Pedrosa su Honda che da dietro fece una gran rimonta proprio su Valentino Rossi che era in testa.
Ma il nocciolo della questione avviene nel dopo gara, precisamente in conferenza stampa.
Jorge Lorenzo anche lui sul podio ma dietro Valentino, quindi piazzatosi in terza posizione, accusa il nove volte campione del mondo di essere stato aggressivo nel sorpasso da lui subito.
Infatti nei primissimi giri Jorge Lorenzo era in testa ma

già al secondo giro Valentino Rossi affonda un sorpasso deciso sul maiorchino andando così in testa.
Chi segue il motomondiale sa benissimo che lo spagnolo è amante delle traiettorie rotonde e non a caso nella sua carriera è stato soprannominato anche "por fuera".
Il campione di Tavullia ha visto così una porta aperta, anzi un portone e ci si è infilato dentro con una traiettoria più interna.
Per la cronaca i due neanche si sfiorarono: un sorpasso quello di Valentino su Jorge, deciso ma pulito come tantissimi avvenuti in passato nella storia del motomondiale.
Ma Jorge Lorenzo non l'ha digerito per nulla quel sorpasso e così in conferenza stampa, davanti a televisioni e giornalisti attacca Valentino Rossi, reo secondo lui di essere stato aggressivo.
Il campione italiano smentisce tutto e rimanda al mittente le accuse ricordandogli sorpassi ben più incisivi dove i contatti (sportellate) non sono mancate, ma in quel caso Jorge non aveva fiatato.
Valentino è anche pronto, in maniera oggettiva, a rivedere la manovra dalle telecamere, forte e sicuro del fatto che i due non si sono neanche sfiorati ed erano ad una distanza considerevole.
Di fronte ad un fatto vero e per nulla opinabile, il maiorchino tira fuori la "genialata" o se preferite il fulcro di tutto ciò.

Jorge Lorenzo esclama: *"it's my opinion"*, ovvero *"è la mia opinione"*.

Questo se volete è un colpo di genio o semplicemente un precursore di quello che ormai da qualche anno ci circonda.

Per dovere di cronaca concludiamo il confronto in conferenza stampa.

Valentino ribatte chiedendo come mai Jorge Lorenzo dichiari queste falsità ma il maiorchino ormai entrato in questo loop rincara la dose esclamando: *"respect my opinion"*, ovvero *"rispetta la mia opinione"*.

Il campione italiano scoppia a ridere invitando nuovamente il maiorchino a riguardarsi il video del sorpasso e che quindi poi si accorgerà che la realtà è ben lontana dalla sua opinione.

La direzione gara difatti non prese alcun provvedimento.

Ho parlato di questo episodio perché in tempi poco sospetti, il campione Jorge Lorenzo, per me, è stato un precursore dei protagonisti di questo capitolo.

Perché *"Quelli dal naso sexy"* sono anche coloro che di fronte a fatti oggettivi, verità assolute, dati scientifici o semplici dati di fatto rispondono con il campo delle opinioni.

Ma attenzione, non siamo di fronte alla semplice libertà d'espressione, siamo ad un livello superiore (in realtà inferiore).

Come nel breve racconto appena narrato, quando si vuole difendere l'indifendibile perché magari è legato ad un proprio status sociale, ad una propria idea od un proprio interesse, moltissimi si chiudono a riccio in questa roccaforte dell'opinione.
Quante trasmissioni televisive, quanti talk show e purtroppo anche rubriche scientifiche sono animate da "opinioni"?
Tante, anzi tantissime ma sicuramente troppe.
E così anche nella vita di tutti i giorni, a scuola, all'università, al bar, in ufficio e chissà dov'altro, ti ritrovi quasi con quella sensazione che forse studiare, capire ed osservare a tanto poi non serva.
Come ogni essere vivente noi viviamo in un mondo scandito dall'alternarsi del giorno con la notte: questo dovrebbe essere almeno la base per tutti noi esseri umani.
Eppure è capitato tantissime volte, dalla scuola o perfino all'università fino al classico bar di andare incontro alle famose "opinioni".
"Quelli dal naso sexy" sono più di quanto voi crediate.
"Agosto ne ha di più ed è la mia opinione" questa è stata la risposta che ho dovuto sentire quando ho tentato di far capire che ad Agosto vi sono meno ore di luce solare rispetto a Giugno.
Qualcuno dirà che si tratta di mera ignoranza, di non conoscenza di Geografia di base e così via.

In qualche caso lo è realmente ma se ci pensiamo bene è qualcosa che invece qualunque contadino conosce benissimo.
Conoscere, anzi osservare, l'alternarsi delle stagioni e del dualismo giorno-notte è la base di qualunque essere vivente.
Aprendo una piccola parentesi, è altresì vero che la Geografia, purtroppo, è una materia molto sottovalutata e non conosciuta a dovere in Italia.
Negli ultimi anni, i media, il web ma anche la società stessa, ci ha insegnato l'importanza di esprimere la propria opinione.
Un concetto legato strettamente con la libertà degli individui e che quindi riveste oggi qualcosa di imprescindibile per l'essere umano.
È sicuramente qualcosa di fondamentale per noi tutti ma allo stesso tempo risulta essere molto abusato.
Negli ultimi tempi, sia sul web che nella vita reale, il concetto di "dire la propria opinione" è divenuto sinonimo del voler imporre un proprio interesse od una propria convenienza.
Ma non solo, il campo delle opinioni sta andando a scalfire la scienza, il mondo oggettivo e la verità dei fatti.

È la troppa libertà d'espressione secondo voi?
Non lo so questo, ma quando mi ritrovo di fronte ad uno spunto di riflessione, trovo parecchio utile cambiare

metrica temporale.
Immaginiamo dunque per assurdo di possedere la mitica DeLorean di Ritorno al Futuro (la mia trilogia preferita) e di fare un viaggio nel tempo negli anni '90.
Un viaggio che naturalmente sarà accompagnato da qualcosa che di questi tempi ci caratteristica a suon di opinioni, conferenze, ritrovi, siti web, esperti e perfino comunità.
Sto parlando dei Terrapiattisti: ecco immaginate che arrivato negli anni '90 porti dietro con me degli esponenti di spicco del Terrapiattismo (coloro che affermano che la Terra sia piatta).
Per un attimo, immaginatevi in quegli anni, che non sono tanto lontani ma forse neanche troppo vicini.
Secondo voi questi personaggi avrebbero credibilità?
Ma soprattutto, avrebbero un vasto seguito come lo hanno invece oggi?
Probabilmente la risposta è no.

Verrebbero scherniti, non presi sul serio ma soprattutto emarginati dalla società.
Un Terrapiattista negli anni '90 equivarrebbe ad un ragazzo che asserisce di aver visto volare un asino.
Ma molto probabilmente una persona del genere in quegli anni non avrebbe goduto di alcuno spazio per poter esprimere alcuna opinione od idea bizzarra del genere.

A suon di "opinioni" e di visione contorta del concetto di libertà di espressione ci siamo ritrovati in questi ultimi anni letteralmente invasi dai Terrapiattisti.
Anche loro dunque sono *"Quelli dal naso sexy"* ed il loro sicuramente è molto sexy.

Non è un fenomeno isolato quello appena trattato: basti pensare anche ad i sostenitori delle scie chimiche che scambiano le scie di condensazione degli aerei per qualche ordito complotto chimico.
Ma qui, come noto che mi stai facendo osservare, ci avviciniamo a quel mondo che di complotti, congiure e cospirazioni vive e si nutre.
Torniamo quindi a coloro che attraverso le opinioni ribaltano la realtà dei dati e dei numeri e che spesso incontriamo nella vita di tutti i giorni.

Capitolo 3 – Il ponte di Brooklyn

Laura da parecchi anni è una nostra amica ed essendo originaria della Sicilia parecchie volte ci ha invitato d'Estate da lei.
Il mare, i colori, il cielo ed il paesaggio sono sicuramente incantevoli.
Il Sole che tramonta rosso sul mare, quasi inghiottito da quell'enorme vastità d'acqua è qualcosa da far perdere il fiato.
Sensazioni uniche che unite al suono delle onde del mare regala, specie per chi non ne è abituato, qualcosa che rimane scolpito nella mente.
Una terra meravigliosa che sicuramente non è sfruttata a dovere e che potrebbe dare molto di più.
Laura nel suo terrazzo affacciato sullo stretto era solita imbandire aperitivi con parecchi amici e la vista era

qualcosa di indescrivibile.
Qualche amico del Nord le faceva notare che nel lungo viaggio per giungere lì da lei c'era però il rischio di perdersi in interminabili code agli imbarchi dei traghetti.
Una continuità territoriale che in realtà non esiste: se il mare è agitato e cattivo la Sicilia rimane un isola isolata dal resto d'Italia come nel medioevo.
In molti avevano fatto notare questo problema a Laura, ma lei ha sempre risposto: *"la Sicilia è un'isola per natura"*.
Collegare come fanno in Giappone con adeguate infrastrutture la Sicilia al resto d'Italia non la trasformerebbe sicuramente in una penisola, ma a Laura questo non importava.
In effetti quello era (forse) solo l'ultimo dei problemi.
Con aeroporti dislocati lungo l'isola ed una fitta rete autostradale forse il problema non si porrebbe, ma la realtà la conosciamo bene tutti.

Flavio, un amico romano di Laura, è da sempre amante della Valle dei Templi di Agrigento e quando può vi si reca con grande entusiasmo.
Ma l'entusiasmo durava sempre poco.
Lo scorso Agosto nel solito aperitivo da Laura, Flavio ha sbottato pesantemente: *"ho perso quasi quattro ore per imbarcarmi per quei tre chilometri che con la macchina avrei fatto in pochi minuti, dai Laura è ridicolo"*.

Laura rispose come ha sempre fatto: *"la Sicilia è un'isola: ora lo scopri?"*

A Flavio, in realtà, interessava di più come arrivare ad Agrigento: *"per vedere la Valle dei Templi che io adoro fortemente, mi ritrovo l'aeroporto di Catania che dista oltre 130 chilometri e Comiso per me non è sempre utilizzabile"* ma Laura ribatteva sempre così: *"esiste il treno ed anche se non è ad alta velocità ha un fascino così retrò"*.

Flavio non aveva nessuna voglia di prendere quel treno che per lui sapeva tanto di locomotiva a carbone.

Giorgio si inseriva con uno di quei suoi discorsi tra il filosofico ed il politico mancato che alla fine non portava a nulla: *"Anche se non si punta sull'industria ma sul turismo, le infrastrutture sono fondamentali, specialmente per essere competitivi con le altre nazioni che dal punto di vista paesaggistico e storico-culturale non sono sicuramente migliori di noi"*.

Ma Flavio aveva solo Agrigento nel suo cuore e nel raggiungere la Valle dei Templi, si sentiva come Ulisse: per lui era un'odissea.

Purtroppo per Flavio, quella è una zona della Sicilia mal collegata da troppi anni ma che è di una bellezza mozzafiato.
Visitare Palermo, Catania, le isole Eolie, le isole Egadi e nomi importanti come Taormina e Cefalù alla fine è parecchio più facile.

Tranne per questi diversi punti di vista, gli aperitivi estivi da Laura erano sempre qualcosa di particolare e da ricordare con piacere nei mesi successivi.
Si parlava di tutto e di più, dall'ultimo film visto in streaming insieme, all'attore che qualunque donna vorrebbe con sé per una notte di follia, fino alle improponibili vacanze alle Maldive.
Con il calare della sera, le luci della città si tingevano con tutto quello che rimaneva del tramonto: il mare specchiava tutto ciò all'unisono.
Dopo cena, una passeggiata sul lungomare era qualcosa che ti colpiva, anzi che potevi odorare e quasi respirare.

L'odore dello iodio è caratteristico e lo percepisci subito: nel leggero infrangersi delle onde contro i frangiflutti, quell'odore si liberava nell'aria creando un'atmosfera ancora più dolce.
Durante il giorno la classica spiaggia estiva era adornata da moltissimi ombrelloni ed un bel bagno non poteva mancare: le giornate scorrevano allegre e spensierate.

Quest'anno però era diverso.
A conclusione del nostro soggiorno da Laura, lei ci comunicò qualcosa che nessuno si sarebbe aspettato.
Tra meno di un mesetto, Laura con il suo compagno sarebbe partita alla volta degli Stati Uniti d'America e la tappa da loro prescelta sarebbe stata New York.
Tutti si salutarono così, in attesa di notizie di Laura.

Dopo qualche settimana quello che tutti ricevettero, non fu un messaggio, una telefonata od un vocale come si usa tanto oggi.
Tutti ricevettero tantissime foto di Laura sul ponte di Brooklyn, foto con tanto di didascalia che recitava: *"che spettacolo indescrivibile, peccato che un ponte così bello noi ce lo possiamo soltanto sognare!"*

Inutile dire che Flavio rise talmente tanto che rischiò di sentirsi male.
Come avrete già capito, Laura è una di *"Quelle dal naso sexy"*.

Rispetto ai protagonisti del precedente capitolo, qui possiamo percepire un'ulteriore caratteristica: l'ipocrisia ancorata ad arcaici pregiudizi.
Ma la realtà ha molte più sfaccettature.
Si può intuire anche quello strano e quasi paradossale sentimento, tipicamente italiano, secondo cui "straniero" è

sexy.
Sentimento che è possibile riassumere in un'unica parola, ovvero *"esterofilia"*.

Perché magari non avrai anche tu l'amica contraria ad ogni forma d'infrastruttura che poi sceglie il ponte di Brooklyn come meta di viaggio, ma poco ci manca.
Se ti concentri bene, potrai ricordarti della tua amica attivista del liceo, quella che protestava contro l'alta velocità.
Lo so bene, è poi stata la prima a salire quasi 15 anni fa sul Frecciarossa appena inaugurato: capiscila, era troppo *"in"*.
Un aspetto quello appena descritto che si riversa anche sulla difesa del nostro incredibile ed inimitabile patrimonio paesaggistico.
Finalmente infatti il famosissimo MOSE è entrato a dovere in funzione e come avrai potuto notare Venezia è stata liberata dall'acqua alta.
Ma a noi non interessa effettivamente parlare dell'analisi costi-benefici dell'opera e che poteva essere realizzata con minor tempo.
Venezia è un patrimonio dell'umanità, qualcosa che neanche i Cinesi potranno mai copiare (lo so avresti preferito non sentirli neanche per sbaglio in questo periodo).

Un gioiello come Venezia merita di essere custodito e preservato da noi tutti ed il MOSE ha questo obiettivo.
Eppure di fronte a qualcosa di così scontato e forse anche banale c'è chi si è opposto al voler proteggere la nostra Venezia.
Si sono opposti al grido di *"Venezia nell'acqua è nata e nell'acqua deve restare"* od anche con il classico pseudo-ambientalismo da salotto condito dalle classiche frasi stereotipate ma prive di contenuto.
Anche loro, se vuoi, sono *"Quelli dal naso sexy"*.

Capitolo 4 – Il baronato

Tutti parlavano di lui ed averlo era considerato quasi un "privilegio". Ma l'unico privilegiato era proprio lui.
Tra i suoi innumerevoli impegni, conferenze, viaggi istituzionali e seminari vari, averlo come docente "diretto" era quasi impossibile.
La sua bravura riecheggiava come qualcosa di mistico: tra le matricole o gli studenti dei corsi di laurea di primo livello si parlava di lui con un grande alone di mistero.
Ti ritrovavi per i corridoi della facoltà con quelli un po' più grandi che si vantavano di aver avuto quel "privilegio" speciale: riuscire a fare un progetto con lui.
Non era per nulla un'impresa facile e per molti era quasi una sorta di vanto.
Il dato oggettivo era che lo si vedeva di più ai vari ricevimenti pomeridiani più che alle classiche lezioni: la

mattina era molto più facile imbatterti nei suoi assistenti o dottorandi (alcuni li apostrofavano anche con nomignoli che qui non riporteremo).
Io incredibilmente ebbi quella fortuna e fin dall'inizio lo ebbi come docente in parecchi dei suoi corsi.
Bravo era bravo e le sue lezioni ti facevano sentire importante, quasi come in una lezione americana.

Non era raro infatti, che di ritorno da una sua "conference" dagli Stati Uniti od Israele (soltanto la sera prima), parlasse del sui amici portando con sé quell'aria di innovazione e progresso tecnologico.
Le sue lezioni scorrevano piacevoli a suon di proclami e visioni futuristiche: la sensazione è sempre stata di essere in uno di quei suoi seminari.
Mancavano quindi solo i giornalisti che a fine lezione (seminario) facessero quegli interventi che potessero dare a lui quel famoso "feedback" di cui avevamo tanto bisogno.

Ti dava la visione, ti dava la prospettiva futura, si parlava del contesto e di ciò che ti circonda, di attualità e di tutto ciò che alle sue "conference" faceva tanto "international".
Poi ti accorgevi che il corso volgeva verso il termine e in soldoni la sostanza era davvero pochina.
Molti dicevano che tutto era ascrivibile a quella logica secondo cui lo studio vero e proprio si fa a casa sui libri

per conto proprio.
La realtà non era questa: non avevamo di fronte quel classico docente universitario avverso ai testi o libri, anzi lui amava portarsi sempre dietro qualunque riferimento didattico.
Solo dopo parecchio tempo capimmo il motivo.

Avevamo di fronte un *barone universitario.*

Viaggi, conferenze, seminari, incontri con chi conta, pubblicazioni una dietro l'altra ma soprattutto quella sua piccola cerchia di potere.

Con il passare degli anni molti dicevano che il suo baronato cresceva sempre di più: in tanti non capivamo e ci ridevamo sù.

Quando parecchi di noi si affacciarono al percorso magistrale guardavamo le matricole con quell'aria di superiorità di chi aveva superato parecchie difficoltà e si sentiva quasi arrivato.

Alcuni ebbero l'onore di averlo nuovamente ma stavolta era quasi un "tour de force".
Arrivava la mattina quasi con il fiatone (appena atterrato da qualche aeroporto) e di fretta e furia marciava nella sua lezione perché alle 10:30 lo attendeva una Skype call

mentre guardava nervosamente il suo SmartWatch.
Ormai i numerosi impegni extra didattici lo sommergevano e le voci di corridoio rapidamente cambiarono: adesso non averlo era la vera fortuna.
Ma la sua tenacia era ammirevole e poiché il dono dell'ubiquità non gli apparteneva il suo baronato cominciava a tornare utile.
Gli assistenti, dottorandi ed aiutanti vari spuntavano a lezioni, esami e ricevimenti: trovarlo ormai era davvero quasi impossibile.

Lo so cosa starete pensando: il barone universitario è ascrivibile, anche lui, a *"Quelli dal naso sexy"*.
In realtà non sono molto d'accordo stavolta, anzi per meglio dire lo sono in parte.

"Quelli dal naso sexy", se ci pensiamo meglio, sono coloro che popolano il "baronato", in questo caso il "baronato universitario".

Sono la maggior parte delle volte rappresentati da coloro che portano in alto la bandiera dei favoritismi allontanando quella della meritocrazia.
E così dietro strani e bizzarri giri di potere vedi di tutto: da insignificanti raccomandazioni, ai favoritismi privi di logica fino alla più totale assenza di meritocrazia.

Loro sono *"Quelli dal naso sexy"* perché proprio come coloro che ti sfilano con aria fiera di sé nel reparto del supermercato con il nasone fuori dalla mascherina, loro ti guardano con quello stesso sguardo di chi infrangendo regole, morale e senso di giustizia pensa di essere più furbo di te.

Ricordiamolo sempre: la mascherina ha reso evidente solo ciò che già esisteva.

Lo so quello che mi stai suggerendo: i baronati importanti sono altri.
Concordo ma questo è un valido punto di partenza, anzi non è il grado di potere a determinare la potenza di un baronato.
Quello che conta è la mentalità, il modo di agire che si cela dietro e che quindi cambiando contesto sarà in grado di essere ancora più efficace di chi già da anni popola un altro baronato.

Forse non sono stato molto chiaro. Lo noto dalla tua espressione e provo dunque a spiegarmi meglio.
Proprio recentemente abbiamo un chiarissimo esempio di chi abbandonando il baronato universitario si sta dimostrando più scaltro ed abile di chi per anni ha dominato il baronato della politica.

Giuseppi da sconosciuto docente universitario, con zero anni di politica alle spalle, è stato capace di mettere sotto scacco i due Matteo della politica: è stato davvero abile ma uno dei due Matteo però è stato ancora più scaltro di lui.
Attenzione, qui non giudichiamo la politica e non si tifa per nessuno degli schieramenti in gioco: stiamo infatti solo osservando le abilità nel districarsi in quel turbinio che caratterizza il panorama politico.
Ed in questo turbinio, alla fine, il Matteo fiorentino, ha tirato fuori tutte le sue qualità (o vizi) fondati sulla spregiudicatezza, sull'essere capace di tutto, a tratti imprudente, spavaldo e temerario.
Lo sappiamo bene quanto dietro sia un mondo difficile, pieno di intrighi, di mosse e personaggi anche nascosti ma soprattutto di persone o cortigiani.

In poche parole vi è quasi sempre un baronato alle spalle e gestirlo non è facile.
Solo chi lo coltiva da anni, anche in altri contesti, può essere così lucido ed abile come lo è stato il nostro *Giuseppi*.
Qualcuno potrebbe anche suggerire che in fondo in fondo potrebbe anch'essere un pregio da non sottovalutare: concordo abbastanza devo dire.

Ma il baronato che da sempre contraddistingue il nostro paese è certamente quello legato alla figura del dottore.
Alberto Sordi ha interpretato con il dottor Guido Tersilli il classico protagonista di questo capitolo.
"Il medico della mutua" infatti è uno di quei capolavori in grado di raccontare l'Italia meglio di qualsiasi documentario sul tema.
Ancora oggi dietro la figura del dottore c'è tanta bramosità e ci
sono tanti cortigiani pronti a tutto per entrare tra le grazie del
primario importante.
La caratteristiche dietro questo giro di potere sono sempre le stesse di quelle che abbiamo visto in precedenza soltanto che sono amplificate per volume e risonanza.

E così se prima avevano scritto *"da insignificanti raccomandazioni, ai favoritismi privi di logica fino alla più totale assenza di meritocrazia"* adesso scriveremo di importanti raccomandazioni, di favoritismi ben strutturati fino ad un'assenza di meritocrazia mal celata.

Chi riesce ad entrare in questo giro turbolento ma importante lo riconosci subito: in questo caso la mascherina non ha rivelato quasi nulla.

Stiamo parlando di uno dei baronati più potenti e strutturati d'Italia, di uno di quei sistemi di potere che ancora oggi è ben radicato nella nostra società.
Ma esiste una caratteristica davvero quasi paradossale per i protagonisti del seguente capitolo: una sfaccettatura che li porta quasi a disconoscere loro stessi.
La capacità e forse la grande permeabilità di *"Quelli dal naso sexy"* è la possibilità di esistere anche senza un vero e proprio barone.

Ci sono casi infatti, ben noti, dove il barone e il baronato si confondono per diventare un'unica entità.
Dove il sistema di potere non è altro che i componenti che lo formano.
Detta così sembra avere poco senso ma invece è forse la caratteristica che meglio si addice all'italianità.
I furbetti del cartellino infatti sono un classico esempio di *"Quelli dal naso sexy"*.

La cronaca ha saputo raccontarci episodi e storie al limite della realtà, dove forse neanche la fantasia poteva arrivarci.
Tutti noi abbiamo potuto ammirare le epiche gesta di colui che in mutande andava a timbrare i cartellini e le nostre reazioni sono state di condanna e profonda derisione.
Molti si sono fermati a quel mutandone che con sfrontatezza veniva sfoggiato: un'ulteriore forma di potere

se volete.
Quel mutandone rappresentava la superiorità di chi, forte di non poter essere punito, attaccabile o fermato, usa l'insolenza come prova di ulteriore forza.

La mascherina allora non esisteva ma quel mutandone aveva la stessa funzione o per meglio dire: *"Quelli dal naso sexy"* che ostentano quel loro nasone fuori dalla mascherina sono gli stessi che in mutande andavano a timbrare i cartellini di tutti per poi andare a fare la spesa od a sbrigare faccende personali.

Un baronato diverso, se vogliamo, ma sicuramente appartenente alla medesima mentalità dei precedenti.
La differenza però è la presenza di quella sottile linea di omertà tra i vari componenti: un'esile linea di potere dove ognuno risulta essere legato all'altro.

Capitolo 5 – Gli scrocconi del vaccino

Dai puoi ammetterlo: gli hai visti parecchie volte e probabilmente qualche volta lo sei stato anche tu.
La scorsa estate ho avuto un incontro ravvicinato con un esemplare di questa specie, quando mi ritrovavo in fila alla posta.
Alcuni parlano delle loro abilità quasi come una forma d'arte, la nonchalance mi ha però sempre colpito: forse è quella la vera arte.
In quel caso il nostro amico apparteneva alla sottospecie del "popolo dei salta fila" da sempre ben radicata nel nostro paese.
Opporsi o sottolineare questa ingiustizia viene spesso associata da parte dell'humus circostante come quasi una mancanza di sensibilità.

"Ragazzo non sai scherzare" esclamò quasi a tono di sfida, forse infastidito dal fatto che questa volta la fila non l'avrebbe potuta saltare.
Cosa dire allora delle famosissime file alla cassa del supermercato?

Specialmente in questo periodo popolato dalle "distanze di sicurezza" non è raro trovare gli avvoltoi di quel metro di distanza.

E così mentre tu, diligentemente, stazioni ad oltre un metro di distanza dagli altri, c'è chi si insinua in mezzo solamente per saltare nuovamente la fila.
A differenza però di altri episodi simili, qui lo "scroccone" di turno utilizza un valore aggiunto: sfrutterà infatti una conseguenza del covid-19 a suo favore.
Inutile opporsi, vi sarà sempre una scusa secondo la quale vi era troppo spazio, che voi non eravate in fila o che semplicemente non si era accorto della vostra presenza.
Il loro naso è davvero sexy.

Tantissimi altri esempi del quotidiano potrebbero essere esposti ma il significato rimane pressoché lo stesso.
Eppure, proprio recentemente, un episodio davvero ai limiti della decenza mi ha portato a scrivere questo capitolo.

Uno spazio dove descrivere un'altra sfaccettatura di *"Quelli dal naso sexy"*, dove parleremo appunto della loro capacità di arraffare o di cercare sempre la via più comoda.
Una descrizione che per molti aspetti coincide con l'esemplare italiano dello "scroccone" ampiamente diffuso nel nostro bel paese.
Come abbiamo capito la pandemia ha rivelato parecchi lati nascosti ma sicuramente ha evidenziato anche aspetti controversi.

Il nostro esemplare di "scroccone" italico non conosce pudore e ciò che abbiamo potuto leggere mi ha fatto comprendere che una nuova vetta è stata raggiunta.

I protagonisti di questo capitolo sono tutti coloro che in questi mesi, senza averne nessun diritto, hanno ricevuto il vaccino con stranissimi giri di raccomandazione, favoritismi e conoscenze.
Un nuovo "popolo dei salta fila" che in piena emergenza non conosce pudore e pensa dunque solo al proprio approvvigionamento personale: come un banale scroccone.
Abbiamo di fronte invece il limite della decenza umana, dello spirito sociale, del sentimento collettivo ma soprattutto della consapevolezza di ciò che è giusto.

Qualcuno dirà che ci stiamo riferendo al governatore della Campania De Luca che il 27 Dicembre è stato uno dei primissimi in Italia a ricevere il vaccino.
Sicuramente è stato il classico esempio di colui che è abile nel saltare la fila: non rientrava né per età né per settore (medico) nelle categorie a cui spettavano il vaccino.
Ancora più ridicole le sue affermazioni (riportate da Repubblica) secondo cui avrebbe fatto da cavia per i campani.
Questo è un piccolo esempio in realtà e non è ciò che mi ha portato in questo capitolo.

Trovo sicuramente più indecente il classico giro che si cela dietro i favoritismi o raccomandazioni.
E così infatti, anche per il vaccino, nel corso dei mesi avrai potuto notare sui quotidiani notizie al limite del ridicolo.

Dal dottore calabrese che somministrava ad amici e parenti la dose del vaccino fino ai sanitari emiliani che hanno millantato fantasmagoriche dosi avanzate.

Perché ciò che indigna è chiaro a tutti, ma quello che li fa essere dei degni appartenenti alla categoria di *"Quelli dal naso sexy"* è proprio la mentalità che si cela dietro.
Probabilmente è di vitale importanza per il dottore della zona, classico barone, poter rifocillare i suoi cortigiani e

tenerli a bada con il guinzaglio.
Dare il croccantino per poter accrescere il proprio baronato: vi suona familiare vero?
È qualcosa che abbiamo già trattato nel capitolo del baronato: come possiamo notare è tutto collegato.

Questo perché dietro uno "scroccone del vaccino" vi è sempre un esemplare di "barone".
Ma oltre la classica figura del dottore barone, questa situazione ha saputo tirare fuori un altro validissimo esemplare.
La pandemia infatti, come abbiamo più volte ribadito, ha reso tutto solamente più visibile.
E così se la classica mascherina ha reso palese la figura del furbacchione, scroccone ed opportunista che ti sfila al centro commerciale con il nasone fuori dalla mascherina, il vaccino ha palesato altri personaggi ed altri baroni.

Ci siamo ritrovati dunque con una specie di Don Abbondio di paese che tramite l'amico medico distribuiva vaccini che erano "avanzati".

Tutto questo in una località che per sfumature e colori ha ricordato la celebre Vigata del commissario Montalbano.
"Ho sparso la voce" così si è difeso il parroco che forse in buona fede voleva rendersi utile.

Una cosa che comunque non riesco a concepire: in un'Italia dove i vaccini arrivano con il contagocce e vengono razionati per categoria ed età come possono esservi delle dosi che avanzano?
Matematicamente è impossibile che vi siano delle dosi in surplus.
Siamo di fronte ad un estremo tentativo di mascherare l'ennesima furbata da parte delle scroccone di turno come appunto i salta fila alla cassa del supermercato.

E così in questo turbinio di sotterfugi e clientelismo di bassa lega, i vaccini sono che magicamente avanzano sono spariti in un battito di ciglia.
Incredibilmente, in un'Italia che secondo i sondaggi era popolata da un'altissima percentuale di no-vax, si scopriva amante ed appassionata del vaccino.
Probabilmente tra di loro vi erano moltissimi di quelli che prima erano ostili a qualsiasi vaccino.
Attenzione: loro continueranno in pubblico a dichiararsi così ma intanto il vaccino se lo son fatti.
In qualcuno, probabilmente, la tentazione di entrare in quella cerchia ristretta di furbetti, è stata parecchio più fronte di qualunque timore o remora medica.

I quotidiani ed i mass media, con il passare delle settimane, si sono riempiti di notizie del genere.

Non è la vasta vigilanza che vi è dietro a scoprire gli scrocconi del vaccino ma è la loro stessa vanità.
Perché in quella mentalità colma di favoritismi, cerchie di potere, raccomandazioni e clientelismo, vergogna e pudore non esistono.
Anzi, essere uno di quelli costituisce motivo di gran vanto.
Basti pensare al grandissimo Checco Zalone che in Quo Vado descrive benissimo questa forma mentis dove più si è fannulloni e più si è tutelati.
Il protagonista di Quo Vado non solo si vanta di ciò che rappresenta ma risulta essere ambito e ricercato.
La stessa società, o per meglio dire "l'humus circostante" che abbiamo citato ad inizio capitolo, lo cerca e lo venera.
Perché in fondo in fondo molti penseranno che sarebbe bello essere come loro e quindi anche in questo caso molti diranno: *"il vaccino l'avrei voluto anch'io dal parente dottore o l'amico infermiere".*

Capitolo 6 – "È tutto come prima"

Ne ho incontrati parecchi, specie nell'ultimo periodo. Moltissimi di loro li ho incrociati attraverso i social ed il mondo del web.

Nella prima ondata, quella del lockdown di Marzo e Aprile, era davvero difficile incontrarne qualcuno.

L'estate gli ha dato gran forza o forse semplicemente gli ha dato alla testa.

Con alcuni di loro mi sono confrontato personalmente, specialmente sul web.

Loro esordiscono sempre nello stesso modo: è incredibile come pur appartenendo a regioni diverse e professioni diversissime usino lo stesso linguaggio.

Per loro *"è tutto come prima"* ma non perché è veramente tutto come prima ma perché loro fanno in modo tale che

sia tutto come prima.
Questo avviene perché semplicemente, per loro, il covid-19, sotto sotto, non esiste.

"Solo Marzo e metà Aprile 2020 mi son fatto chiuso in casa" esordiscono quasi sempre così, vantandosi del fatto di non aver per nulla rispettato le quarantene o le varia zone rosse della seconda e terza ondata.

Tra di loro si cela un misto tra negazionismo, senso di scaltrezza e furberia condito da quell'atteggiamento tutto italico del *"io so io e voi non siete nulla"* che il grande Alberto Sordi ha saputo ben interpretare.
Loro sono tra i responsabili (anzi sono proprio gli irresponsabili) della ripartenza del coronavirus e del contagio.
Sono quelli che al supermercato ed in giro li ritrovi come in copertina: il loro nasone ben fuori dalla mascherina.
La mascherina la mettono solo perché costretti, altrimenti infatti non potrebbero neanche entrare nei centri commerciali. Ma quel naso ben esposto sta ad indicare la loro appartenenza ed il loro messaggio.
Una volta uno mi disse: *"loro non mi fregano ed io respiro come prima"* e con quel suo naso sexy gridava la sua ribellione e quella sua "superiorità".
Per loro "è tutto come prima" perché si comportano come se tutto fosse come prima.

Infrazioni, zone rosse eluse, zone arancioni che non esistono, festini, assembramenti e mascherine che volano via sono solo alcuni dei loro ingredienti.
Anche loro sono dunque *"Quelli dal naso sexy"* ed il loro naso si sente davvero sexy.
Tutti coloro che appartengono a questa categoria, sono quelli che durante il primo (l'unico davvero rispettato) lockdown, noi tutti guardavamo con sdegno e scherno.

Noi tutti ci indignavamo quando al telegiornale ascoltavamo le sanzioni di tutti quelli che infrangevano il lockdown per andare sulla neve sulle Alpi a sciare o ci mettevamo a ridere quando vedevamo la notizia degli amanti multati e sorpresi in una seconda casa fuori regione.
Ma con l'Estate loro hanno preso più forza e pian piano, ognuno ha voluto riprendersi quelle libertà che loro si erano con forza già conquistati.
Alla fine loro si sono tutelati da un altro punto di vista: mentalmente ma anche fisicamente questa fetta di persone l'anno di pandemia non l'ha avvertito così enormemente.
E se prima, durante il lockdown di Marzo ed Aprile, chi usciva a fare una corsetta veniva insultato da tutto il quartiere e segnalato alle forze dell'ordine, nella seconda e terza ondata è diventata raccomandata per tutti la passeggiata all'aperto, anche se in zona rossa.
Nonostante infrangessero le regole e recavano danno alla

salute di noi tutti, il tempo pian piano ha dato loro ragione. Questo ha dato loro forza e consapevolezza di essere nel giusto e pian piano la mascherina è diventata solo un valido copri-gomito o reggi-mento.

Ma queste sono le situazioni in cui regna l'anarchia e la confusione: le circostanze miste dove da una parte avevamo chi si chiudeva dentro senza neanche uscire di casa ma allo stesso tempo avevamo chi la mascherina non la usava neanche per sbaglio condendo il tutto con maxi assembramenti.

Il risultato è stato che i contagi non si sono mai fermati anche in presenza di zone rosse od arancioni.
L'aspetto davvero incredibile, almeno per me, è stato vedere come i telegiornali, le trasmissioni ed i vari punti di approfondimento si domandassero come tutto questo fosse possibile.
Il covid-19, come qualsiasi altro virus, si trasmette con l'uomo, non casca mica dalle nuvole.

E così mentre i protagonisti di questo capitolo si tutelavano , riappropriandosi delle loro libertà da oltre un anno, altre persone, più ligie al dovere o semplicemente più rispettose di sé stessi e degli altri si comprimevano sempre di più.

Questi sacrifici, specialmente nel lockdown, venivano visti da tutti come utili e con grande prospettiva: ma adesso non più.
Chi rispettava tutto e tutti, vedeva giorno dopo giorno, crescere i contagi ma vedeva crescere anche l'egoismo di chi in modo quasi animalesco stava rubando la loro libertà.

Perché stiamo attenti a questo passaggio: chi già ad Aprile o a Maggio 2020 faceva quel che voleva, non si stava riappropriando della propria libertà ma stava **rubando** la libertà degli altri.
Era ed è un respirare alle spalle degli altri, un fagocitare di aria altrui ma anche un furto di spazi.
Perché loro hanno voluto e potuto stare ovunque proprio perché molti altri erano chiusi in attesa di un periodo migliore per noi tutti.

In poche parole *"Quelli dal naso sexy"* di questo capitolo sono solo degli enormi egoisti e menefreghisti, senza alcun senso del bene comune.

Il risultato è stato quindi mandare in malora oltre un anno di sacrifici in termini di contagi e diffusione del virus e molti quindi hanno ceduto in assenza di prospettive.

Loro, in modo egoistico e sfacciato, non solo hanno rubato la libertà degli altri ma hanno inciso pesantemente nel dramma più pesante della seconda e terza ondata: i tantissimi casi di ansia, di stress e di solitudine.
In assenza di regole ferree regna sempre la confusione e nella confusione si districano bene coloro che di confusione si nutrono.

Loro diranno sempre che *"è tutto come prima"* ma l'unica cosa uguale a prima sono proprio loro, purtroppo.

Capitolo 7 – Quelli dalla bocca sexy

Nel mio viaggio verso Siracusa, città davvero stupenda e che è capace di offrire colori intensi e particolari, mi sono imbattuto sul treno in una ragazza che superava i protagonisti del nostro libro.

Prima di arrivare a Siracusa infatti, si passa per Catania, denominata una volta anche come la Milano del Sud.

Il mio viaggio verso Siracusa è stato davvero tranquillo, con poche persone sul treno e con un controllore che infondeva grande sicurezza e senso del controllo della situazione.

Ma prima di ammirare gli stupendi fenicotteri, con quel loro colore rosa dai finestrini dal treno, poco prima di Catania la quiete del viaggio venne interrotta da Agata.

Stiamo parlando di una ragazza di Catania che durante tutto il viaggio armeggiava in maniera davvero strana con la propria mascherina.
Quando il controllore passava vicino a lei, Agata si abbassava la mascherina.
Avete capito proprio bene, l'opposto di quello che ci si potrebbe aspettare. Non eravamo di fronte al classico esponente di "Quelli dal naso sexy" che di fronte ad un controllore ricopriva temporaneamente il naso.
Qui avevamo l'upgrade o se vogliamo un'involuzione.
La prima volta il controllore non se ne rese conto ma la seconda volta fu chiaro e deciso.

Con tono quasi militare esclamò: *"Indossi la mascherina su tutto il volto altrimenti per quanto previsto dalla legge la dovrò far scendere alla prossima fermata"*.

Ed è qui che Agata sfoderò il lampo di genio: con il fare quasi teatrale tirò fuori dalla propria borsa un'autocertificazione secondo la quale lei aveva il diritto di non indossare quella mascherina.

Una mascherina che per dover di cronaca aveva tratti che ricordavano la più semplice delle mascherine chirurgiche: non stiamo parlando né di FFP2 o di una FFP3.

Agata spiegò al controllore come lei avesse diritto e necessità di avere la sua bocca e le sue labbra libere.

Il nostro controllore prese l'autocertificazione e la strappò esclamando: *"tutti possono autocertificarsi di essere Paperino ma questo non significa che lei sia Paperino"*.
Da lì nacque una discussione tra i due, che si concentrò da parte del controllore sul perché Agata si togliesse la mascherina proprio al suo passaggio.

La ragazza con orgoglio disse: *"perché la mia bocca non è sexy? Non le piacciono le mie labbra?"*.

Agata è una di quelle dalla bocca sexy.
Agata scesa a Catania e con sé portò via tutti quei controsensi ed assurdità che l'alimentavano.

Il controllore era esausto e finalmente trovò un po' di pace. Fino a Siracusa il nostro controllore borbottava e rimuginava ma l'aspetto che ribadiva con forza era il seguente: *"Questi fenomeni c'erano già prima, il covid non centra nulla, ricordatelo!"*.
In effetti, come già detto, la mascherina ha reso solo tutto più evidente.
Dal finestrino, alla stazione di Catania, ho visto Agata che si allontanava dal treno fiera di sé ma soprattutto con la sua bocca libera e "sexy".

Ad Agata la mascherina stava davvero stretta: non le permetteva di essere libera, di vivere la sua essenza.
Per la ragazza di Catania, quella mascherina le impediva di aprirsi al mondo e di sentirsi emancipata.
Al controllore Agata inveì con questa esclamazione: *"perché la mia bocca non è sexy? Non le piacciono le mie labbra?"*.
Per Agata il pericolo del contagio non esisteva o forse era solamente secondario, nelle sue priorità, alla possibilità di sentirsi libera e desiderata.
Agata è sicuramente una delle fautrici del contagio od ancora meglio della catena del contagio.

E così, nello stesso spazio di Agata, che non poteva neanche vivere un secondo con la mascherina, vi erano coloro che armati di guanti ed alcool igienizzavano qualsiasi superficie, nel corso della giornata.
La nostra ragazza di Catania non conosceva neanche il concetto che poteva legare la superficie al contagio: nel suo dimenarsi contro il controllore, aveva toccato la qualunque.

Il suo corpo, i suoi movimenti ed il suo atteggiamento era quello di una persona che non aveva vissuto neanche per un secondo il lockdown di Marzo ed Aprile: Agata era libera come lo eravamo noi tutti nel pre-covid.

Era riuscita effettivamente a non omologarsi ed adeguarsi alla pandemia: era un rischio che imprudentemente lei stava correndo.
Ma la fine della pandemia per lei era sicuramente più vicina rispetto a tutti noi.

Anche questo, è un esempio di persona egoista che ha pensato solo a coprire i propri bisogni più istintivi, non sacrificando, neanche per un attimo, la propria libertà.

Agata era una di quelle dalla bocca sexy, il naso per lei era davvero poca cosa.

Capitolo 8 – A viso scoperto

Ci siamo! Questo non è solo il capitolo che noi tutti aspettavamo con grande speranza e voglia di ricominciare ma è il momento che noi tutti volevamo ardentemente.
I vaccini stanno dando la spinta in avanti che sognavamo da tempo.
La luce fuori dal tunnel adesso è più vicina, la possiamo quasi toccare.
Questo viaggio, non solo non sarà vano, ma in molti casi ci avrà cambiato o forse, semplicemente, ci avrà donato alcuni insegnamenti.
In realtà, se sei qui è perché sei stato in grado di riconoscerli, quindi rispetto ad altri, la tua coscienza era più consapevole.
Adesso saremo a *"viso scoperto"* ma questo non ci dovrà preoccupare.

Non sarà quindi motivo di paura o di dubbio perché, secondo il mantra del nostro racconto, *la mascherina ha solamente reso il tutto più visibile*.

Abbiamo imparato a riconoscere gli scrocconi del vaccino, ma loro ci sono sempre stati.
Gli avvocati che decantano un immotivato senso di priorità rispetto agli altri, è da sempre quell'avvocato Azzecca-Garbugli che nei *Promessi Sposi* si è reso protagonista in negativo.

Ma ancora meglio, questi avvocati (magari trentenni o quarantenni) che hanno scavalcato gli anziani nella corsa al vaccino, sono gli stessi avvocati arrivisti, spregiudicati e senza alcun senso del pudore che per decenni il nostro cinema ha interpretato o sbeffeggiato.

Oggi hanno "scroccato" il vaccino ma ieri saltavano la fila alla posta e domani chissà cosa si inventeranno: la loro anima è quella, il loro modo di agire è sempre lo stesso.
In fondo loro sono proprio questo.

E quindi la mascherina tanto odiata e bistrattata, forse ci aiutava a colpo d'occhio nel riconoscerli: al supermercato con il loro nasone di fuori perché tanto il vaccino loro l'avevano fatto già da un pezzo.

Oppure perché loro non ci hanno mai creduto. Ma perché non ci hanno mai creduto?

Perché il famoso campo delle opinioni per loro era terreno fertile.
E così, a suon di *"è la mia opinione"*, abbiamo conosciuto negazionisti, terrapiattisti, creduloni ma soprattutto opinionisti.
Proprio questi cultori dell'opinione, hanno scambiato il senso di libertà d'espressione nella sovversione dei dati, della scienza e dell'oggettivo.

Così la mascherina è diventata qualcosa di opinabile e già nel lockdown di Marzo 2020, ti ritrovavi il fenomeno nei reparti del supermercato con il naso fuori dalla mascherina, perché lui *"sapeva"*.

Non sapeva nulla, ma condiva il tutto di bufale, di opinioni bislacche e di diritto d'espressione.
Ci siamo ritrovati con messaggi inoltrati dall'amico del cugino del cognato del primario di chissà dove, catene su catene su Whatsapp solo per sorbirci la seguente assurdità: *"la mascherina sulla bocca, il naso lo puoi lasciare fuori per respirare"*.
Argomenti senza senso, assurdità, anche perché il tampone avverrà proprio nel nasino.

Persone secondo cui il covid-19 sceglieva la bocca ma saltava il naso.
L'unica spiegazione è che loro pensassero che il loro *naso fosse sexy, ma davvero sexy.*

Anche qui la mascherina ci ha aiutato nel riconoscerli subito: grazie a questo "strumento", anche da parecchio lontano potevi scorgerli e magari evitarli.

Con linee di velata omertà, di raccomandazioni ricercate e scarso senso di meritocrazia li abbiamo riconosciuti nel vasto ed ampio scenario italico del baronato.
Moltissimi baronati quelli che popolano la nostra Italia ma dove, sicuramente, quello dei primari e dottori ancora oggi è uno dei più vasti.

Abbiamo imparato che il baronato può anche non avere il proprio barone ed allora il clientelismo di bassa lega si è fuso con quel senso di furberia ed omertà che alberga in coloro che timbravano i cartellini in mutande.

La mascherina ci ha aiutati nuovamente nel riconoscerli (anche perché in mutande non c'è molto altro).

Ma è nella frase *"è tutto come prima"* loro si sono rifugiati e protetti. Attenzione: noi tutti vogliamo tornare come prima.

Ma abbiamo imparato che nel loro egoismo e menefreghismo non vi è stata alcuna visione comune e di buon senso.
La loro mascherina mal indossata e con il loro naso sexy non era sicuramente la risposta.

La mascherina ci ha aiutati nel riconoscere tutti loro con più facilità ma adesso come faremo?
Adesso siamo tornati finalmente liberi, ma tutti insieme, senza ruberie, sotterfugi e danni altrui.

Perché se tutti, ma proprio tutti, avessimo rispettato non le regole, ma il buon senso e quindi il distanziamento (non solo questa mascherina) per qualche mese, avremmo evitato oltre un anno di inutili sacrifici.
Perché sappiate che proprio io, che ho scritto *"Quelli dal naso sexy"* sono il primo fautore dell'inutilità della mascherina.
Ma non come loro, basandomi su tutto quello che abbiamo già detto, ma sulla scienza e sul senso comune di libertà.
Perché la mascherina non serve a molto se poi ci si comporta in modo promiscuo, senza alcun attenzione e facilitando il contagio: la mascherina non è mica uno scafandro da astronauta.
Avremmo dovuto solamente limitare i contatti, spezzare la catena dei contagi, alla fine, come qualunque virus, il covid non vola mica libero nell'aria.

Il covid non è qualcosa di oscuro che si cela nel sottosuolo: il covid-19 è qualcosa che noi trasmettiamo.
Bastava fare questo e ne saremmo usciti molto più agevolmente.
Ma già nello scorso lockdown quanti furbetti, quanti sapientoni, quanti opinionisti e quanti che eludevano le zone rosse per andare a sciare abbiamo avuto?
Non è stato soltanto questo il problema.

La realtà è che è uscito proprio quel senso italico di prevaricazione, di senso di rivalsa, di fregare il prossimo e di sentirsi più scaltro degli altri.
E con i vaccini questo è stato tutto più evidente.
All'improvviso tutti che erano indispensabili, tutti che volevano essere "priorità", tutti che millantavano che la propria categoria era di primaria necessità.

Avvocati che, poverini, si sono sentiti inferiori ai dottori che erano già stati vaccinati. D'altronde è ben risaputo che al pronto soccorso ci sono anche gli avvocati.
Ma a loro volta i magistrati che, anche loro, poverini non potevano rimanere indietro.

Come non citare il giornalista che si scanza ma che per la corsa al vaccino non si è scanzato per nulla, ma (sc)anzi ha scavalcato proprio tutti.

Non ho mai sentito dire a nessuno, di dare priorità alle cassiere del supermercato che sono state sempre a contatto con la catena dei contagi anche durante il lockdown.

Eppure, la scienza, direbbe che la priorità sarebbe la loro.

La mascherina ci ha aiutati nel riconoscerli ma adesso siamo "*a viso scoperto*".
Ma abbiamo imparato ad identificarli ed individuarli: adesso anche senza la mascherina potremmo riconoscerli facilmente.
Loro sono *"Quelli dal naso sexy"* e se ti va potrai chiamarli così ogni qualvolta vorrai.

Io lo farò e con una sana risata esclamerò: *"eccoli, loro sono Quelli dal naso sexy"*.

www.ingramcontent.com/pod-product-compliance
Ingram Content Group UK Ltd.
Pitfield, Milton Keynes, MK11 3LW, UK
UKHW021925190726
13853UKWH00002B/854

9 798735 085256